MORFIL Y STORM YN Y GAEAF

Benji Davies

Addaswyd gan Elin Meek

DREF WEN

Roedd Noi'n byw gyda'i dad a chwech o gathod
ar lan y môr.

Haf diwethaf, achubodd Noi forfil bach ar ôl i storm ei
olchi i'r lan. Aeth ef a'i dad ag ef yn ôl i'r môr,
lle roedd i fod i fyw.

Ond roedd Noi'n methu'n lân ag anghofio am ei ffrind.

Bob hyn a hyn, roedd e'n meddwl iddo gael cip ar y morfil, a'i gynffon yn troi'r tonnau yn y pellter.

Ond rhywbeth arall oedd yno bob tro.

Roedd y gaeaf yn dod. Roedd yr iâ'n llenwi'r môr
o gwmpas yr ynys i gyd, gan bwyll bach.

Aeth tad Noi am un daith olaf yn ei gwch pysgota.

Ond pan ddaeth hi'n nos, doedd dim sôn o hyd am ei dad yn cyrraedd adref. Dechreuodd Noi boeni.

Buodd Noi'n gwylio ac yn aros, yn aros ac yn gwylio.

Yn sydyn gwelodd rywbeth allan yn y môr.

Ei dad oedd e – rhaid mai fe oedd e!

Cyfrodd Noi i wneud yn siŵr fod y chwe chath
yn ddiogel yn y tŷ, a rhuthro i lawr i lan y môr.

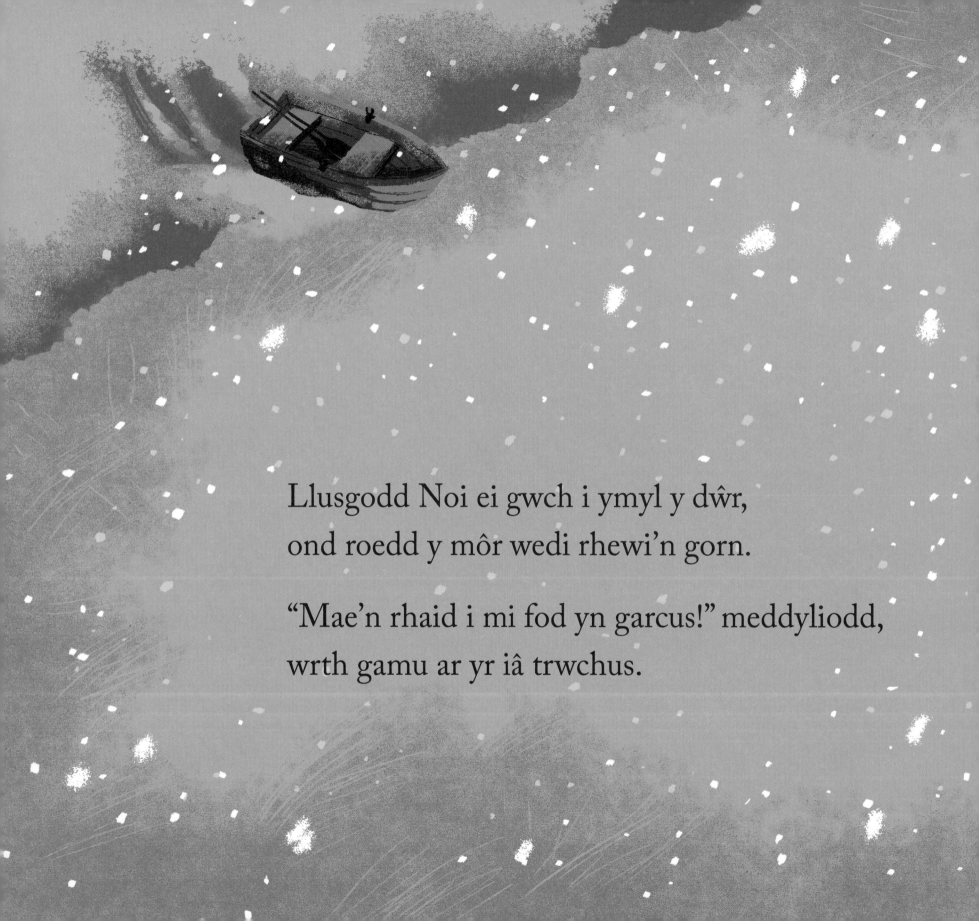

Llusgodd Noi ei gwch i ymyl y dŵr,
ond roedd y môr wedi rhewi'n gorn.

"Mae'n rhaid i mi fod yn garcus!" meddyliodd,
wrth gamu ar yr iâ trwchus.

Po bellaf roedd Noi yn cerdded,
po fwyaf roedd hi'n bwrw eira.
Cyn hir, roedd pob man
yn edrych yr un fath.

Roedd Noi ar goll!

Yna o'i flaen, gwelodd
ffurf lwyd yn crynu yng
ngolau'r lamp.

Llong ei dad oedd yno. Roedd hi'n sownd yn yr iâ.
Dringodd Noi ar ei bwrdd yn gyflym.

"Dad?" galwodd Noi.

Ond adlais ddaeth yn ôl – roedd y cwch yn hollol wag.

Doedd dim clem gan Noi beth i'w wneud.
Wrth iddo gwtsho o dan got felen ei dad,
dychmygodd y môr dwfn yn troelli a throelli
oddi tano, a dechreuodd ofni.

Yna drwy'r tywyllwch, daeth BWMP mawr
ar ochr y cwch!

Morfil y storm oedd yno.
Roedd y teulu i gyd wedi dod i helpu Noi.

Gwthiodd y morfilod eu trwynau i aer oer y nos.

Canon nhw gân hyfryd wrth bwffian anwedd
ac ewyn. Craciodd yr iâ a chrensian.
Rywsut roedden nhw'n gwybod ble i fynd.

Trawodd y cwch bach yn galed yn erbyn y creigiau.
"Dad!" gwaeddodd Noi.

"Noi! Beth rwyt ti'n ei wneud fan hyn?" meddai ei
dad.
"Roedd rhaid i mi ddod o hyd i ti!" meddai Noi.

Wrth i'r gaeaf araf droi'n wanwyn, bydden nhw'n aml yn sôn am y noson oer, rewllyd honno.

Y noson pan oedd y pysgotwyr wedi achub
Dad, a morfil y storm wedi achub Noi.

A byddai Noi'n gwenu …

… oherwydd dyna'r noson pan ddaeth ei ffrind yn ôl ato.